La tierra de las adivinanzas

The Land of the Riddles

Por/By César Villarreal Elizondo

Ilustraciones por/Illustrations by Anthony Accardo

Traducido del español y adaptado por/Translated
from Spanish and adapted by Nasario García

PIÑATA BOOKS

Piñata Books
Arte Público Press
Houston, Texas

Esta edición de *La tierra de las adivinanzas* ha sido subvencionada por la Fundación Lila Wallace—Readers Digest, la Fundación Andrew W. Mellon y el Concilio de Artes Culturales de Houston, Condado de Harris. Les agradecemos su apoyo.

Publication of *The Land of the Riddles* is made possible through support from the Lila Wallace—Readers Digest Fund, the Andrew W. Mellon Foundation and the City of Houston through The Cultural Arts Council of Houston, Harris County. We are grateful for their support.

Piñata Books are full of surprises!

Piñata Books
An Imprint of Arte Público Press
452 Cullen Performance Hall
University of Houston
Houston, Texas 77204-2004

Villarreal Elizondo, César.
    [Tierra de las adivinanzas. English & Spanish]
    La tierra de las adivinanzas / por César Villarreal Elizondo ; ilustraciones por Anthony Accardo ; traducción al español y adaptación por Nasario García = The land of the riddles / by César Villarreal Elizondo ; illustrations by Anthony Accardo ; translated from Spanish and adapted by Nasario García.
        p.   cm.
    Summary: Sergio and Noemí find themselves transported into a strange land, where a scary woman who has betwitched many other townspeople tries to trap them with riddles they cannot answer.
    ISBN 1-55885-352-9
    [1. Riddles—Fiction.   2. Witches—Fiction.   3. Fantasy.   4. Spanish language materials—Bilingual.]   I. Title: Tierra de las adivinanzas.   II. Accardo, Anthony, ill.
III. García, Nasario.   IV. Title.
PZ73.V575 2002
[E]—dc21   2001051167
                                                                                CIP

♾ The paper used in this publication meets the requirements of the American National Standard for Permanence of Paper for Printed Library Materials Z39.48-1984.

2 3 4 5 6 7 8 9 0   0 9 8 7 6 5 4 3 2 1

Para todos los niños del cielo y de la tierra.
–CVE

Con cariño para mis abuelas Giovanna y Savina.
–AA

To all the children of heaven and earth.
–CVE

For my grandmothers, Giovanna and Savina, with love.
–AA

Iban una mañana caminando por el bosque dos hermanitos, Noemí y Sergio. Él tenía nueve años y su hermana diez. Eran muy alegres y listos. Sus abuelitas les habían encargado recoger leña. Pronto llegaron a un lugar lleno de árboles secos que estaban caídos en la tierra. En el centro de todos ellos había uno—muy grande y hueco. Los niños fueron picados por la curiosidad.

One morning a brother and a sister named Noemí and Sergio, were walking through the forest. She was nine years old and her brother ten. Both were happy-go-lucky kids—and smart. Their dear grandmas had asked them to go and gather some firewood. Soon they came to a place full of dead trees that were lying on the ground. In the middle of all of those trees there was one—huge and hollow. The children were dying of curiosity.

—Vamos a ver lo que hay dentro del árbol hueco —dijo Noemí.

—Bueno, vamos a mirar —le contestó Sergio.

Entraron al árbol seco. Todo estaba oscuro, pero a mitad del árbol había una ramita verde que brillaba mucho. Sergio la jaló tratando de arrancarla. En eso sintieron que todo daba vueltas. Se encontraron de repente ante una mujer muy alta, muy delgada, con el pelo largo hasta el suelo. Al igual que las uñas de sus dedos, estaba vestida de negro. Sus ojos muy pequeños eran rojos.

"Let's see what's inside the hollow tree," said Noemí.

"Okay. Let's take a look," answered Sergio.

They went inside the dead tree. Everything was very dark, but midway through the huge tree, there was a tiny green branch that glowed brilliantly. Sergio tugged on it trying to pull it out. Right about then everything started spinning wildly. All of a sudden they found themselves standing in front of a very tall and thin lady who had black hair that flowed down to the ground. Her fingernails were black, and that's how she was also dressed—in black. She had tiny red eyes.

—Amiguitos curiosos, bienvenidos a la tierra de las adivinanzas.

La mujer les dijo a los niños que les haría adivinanzas y ellos a ella. Aquél que no contestara sería castigado. Los niños serían convertidos en árboles secos como ésos que habían visto hacía rato. Pero si ella perdía, se iría para siempre de la tierra. Su desaparición rompería el hechizo que tenía embrujados a chicos y grandes.

"Welcome to the land of riddles, my curious little friends."

The woman told Sergio and Noemí that she would ask them riddles, and they would do the same to her. Whoever could not guess the correct answer would be punished. They would be turned into dead trees, like the ones they had seen a moment ago. But if she lost, she would disappear forever from the face of the earth. Her disappearance would break the spell that had many children and grown-ups bewitched.

Sergio y Noemí siempre habían escuchado con atención las adivinanzas que sus abuelitas Marce y Mela les contaban. Ahora dependían de su buena memoria y de su agilidad mental para salvarse y ayudar a los demás.

—Es nuestra oportunidad para ayudar a otra gente —dijo Sergio.

Sergio and Noemí had always paid close attention to the riddles their beloved grandmothers, Marce and Mela, had told them. Now they were depending on their good memory and mental sharpness to save not only themselves, but others as well.

"It's our chance to help other people," said Sergio.

—¡Atención niños! —dijo la mujer alta y delgada. —¿Qué es amarillo por dentro y blanco por fuera?

—¡El huevo! —contestó Noemí.

—Correcto —dijo la mujer. —Ahora les toca a ustedes.

"Listen children!" said the tall and scrawny woman. "What's yellow on the inside and white on the outside?"

"An egg!" answered Noemí enthusiastically.

"Correct," responded the lady. "Now it's your turn."

—¿Qué es una vieja larga y seca que le escurre la manteca? —preguntó Sergio.

—¡La vela! —contestó sonriendo maliciosamente la mujer.

"What's an old and dried up woman who drips like lard?" asked Sergio.

"A candle!" answered the woman with an evil-looking smile across her face.

—Ahora díganme niños, ¿qué es esto? "Mi comadre picarona tiene un pico en la corona?"

—¡La garrocha! —contestaron los dos niños.

"Now tell me, children, what's this? 'My sticky beak friend has a big point on her crown.'"

"A spear!" responded Sergio and Noemí.

—Vaya, vaya, alguien les ha contado adivinanzas. Parece que no será fácil vencerlos —gruñó la mujer.

Luego Noemí le preguntó —¿Qué es blanco por dentro y rojo por fuera?

—La manzana, querida —contestó la viejona.

"Well, well, someone has taught you riddles. It's quite obvious that it won't be easy to defeat you," growled the woman.

Noemí then asked her, "What's white on the inside and red on the outside?"

"The apple, my dear child," answered the old hag.

—Díganme, ¿qué es blanco por dentro y blanco por fuera?

—La cebolla —respondió el niño e inmediatamente le preguntó a la bruja —¿Tito, tito capotito, sube al cielo y echa un grito?

—El cohete —respondió al instante la malvada mujer.

"Tell me, both of you. What's white on the inside and white on the outside?"

"The onion," responded Sergio, and immediately said to the old witch, "Up, up, uppity. It goes high in the sky and let's out a cry."

"A rocket," responded in an instant the evil old woman.

Luego preguntó —Rojo por dentro y rojo por fuera, ¿qué es?

—El tomate —dijo Noemí.

Así pasaron mucho rato. Los niños se dieron cuenta de que la mujer sabía todas las adivinanzas existentes.

She then asked, "What's red on the outside and red on the inside?"

"The tomato," said Noemí.

The questions and answers went back and forth for quite a while. Sergio and Noemí realized that the woman knew the answers to all the riddles.

—Tendremos que inventar una nosotros —dijo Sergio.

Así lo hicieron, o de lo contrario perderían.

El niño observó las manitas de su hermanita y algo se le ocurrió. —Díganos, Señora, ¿qué es esto? Redondito, redondón, no tiene tapa ni tapón.

"We'll have to invent one ourselves," said Sergio.

That's exactly what they did or else they were going to lose.

The young boy looked at his little sister's tiny hands and a thought suddenly crossed his mind. "Tell us, lady, what's the answer to this riddle? 'It's round, a little bit round, it doesn't have a lid, nor a cork.'"

La mujer, meditabunda, dio varias respuestas, pero ninguna era correcta y por fin se dio por vencida.

—El anillo —le contestaron los niños.

—Bueno, era tiempo de perder —musitó cabizbaja la mujer. —Los felicito. Sus abuelitas estarán orgullosas de ustedes. Me vencieron. Lo prometido es deuda.

The woman, a bit thoughtful, gave several answers, but none was correct and she finally gave up.

"A ring," answered both children.

"Well, it was time to lose," she mumbled a bit depressed. "I congratulate you. Your dear grandmothers will be very proud of you. You beat me. That which is promised must be paid."

En eso volvieron al bosque, el cual estaba lleno de niños y adultos. Desde que la bruja los había hechizado, ellos habían visto y escuchado todo en silencio por mucho tiempo. Les dieron las gracias a Sergio y a Noemí y todos juntos volvieron al pueblo.

Shortly thereafter, Sergio and Noemí returned to the forest, which was full of kids and grownups. Ever since the old lady had bewitched them, the people had witnessed and listened silently to everything she said and did for a long, long time. They thanked Sergio and Noemí, and then everyone returned to town.

La mujer y el enorme árbol seco desaparecieron para siempre. Las abuelitas de Sergio y Noemí siguieron contándoles adivinanzas y por las tardes los hermanos leían libros. Los niños sabían que leer les ayudaría a escribir sus propios cuentos en el futuro.

The woman and the huge dead tree disappeared forever. Sergio and Noemí's grandmas continued telling them riddles, and in the afternoons, the brother and sister read books. They knew that reading would help them write their own stories in the future.

César Villarreal Elizondo nació en Sabinas Hidalgo, Nuevo León, México. Tiene una licenciatura en Ciencias de la Comunicación, con especialidad en Publicidad. En la actualidad radica en Monterrey, México con su esposa, y continúa escribiendo poesía y cuentos para niños. César indica que decidió escribir este cuento porque quería compartir la tradición que Manuela Garza, su abuela materna, le traspasó al contarle las adivinanzas que sus padres le contaron a ella. Él explica que el contar adivinanzas es una tradición muy popular en el pequeño pueblo en el que creció y que algunas de las adivinanzas en este libro datan de más de 100 años.

César Villarreal Elizondo was born in Sabinas Hidalgo, Nuevo León, Mexico. He has a BA in Communications and a minor in Publicity. He currently resides in Monterrey, Mexico with his wife where he continues to write poetry and stories for children. César states that he was inspired to write this story because he wanted to share the tradition that his maternal grandmother, Manuela Garza, had passed on to him by telling him riddles that her parents had told her. He explains that telling riddles was a very popular tradition in the small town that he grew up in'and that some of the riddles included in this book are100 years old.

Anthony Accardo nació en Nueva York. Pasó su niñez en el sur de Italia y allí estudió arte. Obtuvo su Licenciatura en Art and Advertising Design en el New York Technical College y es miembro de la Society of Illustrators desde 1987. Anthony ha ilustrado más de cincuenta libros infantiles. Sus pinturas se han exhibido en Estados Unidos y Europa. Cuando no está viajando, Anthony Accardo vive en Brooklyn.

Anthony Accardo was born in New York. He spent his childhood in southern Italy and studied art there. He holds a degree in Art and Advertising Design from New York City Technical College and has been a member of the Society of Illustrators since 1987. Anthony has illustrated more than fifty children's books. His paintings have been exhibited in both the United States and Europe. When not traveling, Anthony Accardo lives in Brooklyn.